Monsieur

Paul Verlaine

poète

Hommage de l'auteur
à la bibliothèque
de l'Université
d'Exeter

7 février 1997 [illegible]

HOMMES ET RÉGIONS

Collection dirigée par Jean Étèvenaux

GILBERT GARDES

Monsieur

Paul Verlaine

poète

LUGD

Pour Alexandra
un parfum de musique

Conception couverture : Alain BOULDOUYRE
Illustration de couverture : Le coin de table par Fantin-Latour, musée d'Orsay (Lauros-Giraudon) détail.

93, 95 rue Vendôme - 69006 Lyon
ISBN : 2 910979 14 8

BONJOUR MONSIEUR VERLAINE !

Le destin silencieux trame les fils invisibles de nos vies mais s'annonce parfois en sonorités prémonitoires.

Venir au monde et s'appeler *Paul Verlaine* présage un bonheur harmonieux. Moduler l'anagramme *Pauvre Lélian* inverse cette chance en mélodie du malheur. Faire miauler la porte du néant au cimetière des *Batignolles* écorche en une rage ultime les tympans de vos contemporains. Votre sort de poète musicien tout entier résonne de la malice des sons.

Vous êtes décédé depuis cent ans. Mais si la mort marque l'achèvement d'une existence, l'oubli seul fixe le terme d'un destin. Vous voici donc aujourd'hui face à votre mémoire, débarrassé des oripeaux de votre vie. Vous n'avez pas été reçu à « l'Académie » mais vous siégez définitivement (quoi qu'un peu somnolent) au sein de l'aréopage des poètes, compagnie qui vaut bien l'autre.

Mais voilà, vous avez été privé de l'éloge doux-amer de votre successeur qui aurait flatté votre palais accoutumé à l'absinthe. Peut-on y remédier ? Pourquoi ne pas vous adresser ce discours imaginaire sous forme de lettres posthumes et vous donner, en quelque sorte, des nouvelles de votre immortalité ? Vous invitez à la familiarité confiante et je crois l'idée assez galante pour vous plaire.

Comment présenter avec des mots* l'auteur de *Romances sans paroles* ? La formule habituelle, « une vie une œuvre », vous réduirait au passé. Une *biolégende*, pétrie de vécu posthume, la transcende. Toutes trois convergent pour mettre votre être en perspective dans l'histoire : « nous sommes parce que nous devenons ». Ainsi formulée, la question paraît simple, elle se pose dans la rue lorsque se croisent deux personnes que la vie avait séparé : que devenez-vous Monsieur Verlaine ?

**** Les citations en italiques sont de Paul Verlaine.***

Verlaine écrivant, dessin de J. Veth, 1892.

CE QU'ILS ONT FAIT DE VOUS

A peine étiez-vous dans la tombe que les journaux rapportèrent ce fait étrange : après le passage du cortège de vos funérailles la statue de la poésie posée sur le fronton du palais Garnier tomba.

Sous le prétexte impérieux de « faire la lumière » sur chaque fait demeuré obscur dans votre œuvre, la critique impatiente entreprit de rassembler le moindre feuillet griffé de votre plume, tous ces confettis de l'âme (et du sexe) semés au vent, allant jusqu'à coller une oreille indiscrète à la porte de votre vie, gratter la rature pour interpréter vos repentirs, collationner vos non-dits, écouter vos silences. Bref, pour saisir en vous l'être éparpillé qui palpite, la critique se livra à un acharnement biographique.

Ce regard fureteur, fait de piété et d'indiscrétion, ne saurait déplaire à qui cultiva de son vivant et légua à sa mort le paradoxe insolent de deux Verlaine inconciliables que l'on s'épuise à faire coïncider pour connaître le vrai, le troisième. Vous le résumez à contrecœur : *Le poète, très chic, l'homme, une sale bête*. Cette double personnalité qui reflète le mythe universel du combat entre le mal et le bien captive.

Il vous faut donc assumer cette curiosité que vous avez encouragée. Ne voile-t-elle pas d'ailleurs le remords d'une société ingrate qui, n'ayant su vous mériter, tente de réparer ? Disons-le : vous avez fait beaucoup pour la décourager. D'abord en faufilant le quatrième Verlaine du saturnien maudit. Charles Maurras le reconnaît qui dit de vous : « Il était la parure et la curiosité de tout un âge de poètes. Bien qu'il eut assez de génie pour se passer d'une légende, il eût pourtant cette légende, avec l'honneur d'en avoir forgé presque tous les traits. » A force de poser à l'asocial on vous a cru et peut-être vous êtes-vous senti parfois enclin à le devenir.

Huysmans, Valéry, comparèrent votre vie à celle de Villon ; Laurent Tailhade assimila votre tête à celle de Socrate : « Le front dévasté par le génie ou la douleur, plus vieux que son âge, mais la face éclairée par un sourire d'enfant et le cli-

Verlaine, dessin de J.-B. Péaron, 1869.

gnotement spirituel de ses yeux obliques, Verlaine rappelle à première vue le visage traditionnel de Socrate, avec je ne sais quoi de magnifique et de robuste qui s'impose aux regards fascinés. » Un Diafoirus tudesque acheva de disséquer le monstre hybride et fit de vous « un effrayant dégénéré au crâne asymétrique et au visage mongoloïde, un vagabond impulsif et un dipsomane qui a subi la prison pour un égarement érotique, un rêveur émotif, débile d'esprit, qui lutte douloureusement contre ses mauvais instincts et trouve dans sa détresse parfois des accents de plaintes touchants, un mystique dont la conscience fumeuse est parcourue de représentations de Dieu, des saints, et un radoteur dont le langage incohérent, les expressions sans signification et les images bigarrées révèlent l'absence de toute idée nette dans l'esprit. » Jules Renard renchérit : « un Diogène sali, du chien et de l'hyène… une tête en pierre de taille de démolition. » Hypocritement, Messiaen prédit la destinée de votre personnage : « On admettra l'ivrogne, et le mauvais mari, le clochard infirme et miséreux… le fils qui battit et ruina sa mère… les histoires (euphémisme pour votre homosexualité) avec Rimbaud et Lucien Létinois deviendront des aventures d'école buissonnière. »

C'est là ce que Paul Valéry craignait lorsqu'il estimait inutile, voire préjudiciable, de connaître la biographie des poètes. La vôtre conduit à déprécier votre personne plutôt qu'à apprécier votre œuvre. Pis, elle pèse sur elle au point de la tronquer, de faire de vous une victime de la « morale » conventionnelle, avec parfois les meilleures intentions. Ainsi, A. Van Bever, avec la persévérance d'un enthousiaste, réunit votre correspondance. Or, que fait-il ? De son propre aveu, il écarte « les passages fort libres et qui, par cela même, n'étaient pas destinés à l'impression. » N'avait-on pas après sa mort brûlé les tableaux érotiques de Rubens ? Que devient votre authenticité ? Longtemps on écarta vos proses que Jacques Borel rassembla en 1972 seulement. La société bien pensante expurgea vos vers impurs, censura vos invectives, s'efforça de vous rendre présentable au sou des écoles et aux patronages, fabriqua un cinquième Verlaine. Rogné, renié, nié ? Heureusement, Y.-G. Le Dantec publia en 1962 l'ensemble de vos vers, et M. Pakenham a repris l'édition de votre correspondance. Vous existez enfin devant l'éternité.

On a compté vos mots, analysé vos vers, décortiqué votre art, écrit sur vous des thèses. On vous lit dans la plupart des langues européennes et même orientales : dès 1918 la revue *T'aeso munye sinbo (Nouvelles littéraires d'Europe)* vous traduit en coréen. Vous croulez sous la glose ce qui réveille sûrement votre fausse modestie : *Un article écœurant d'éloge ou la mort* ! Beaucoup de mots ailés (j'en citerai quelques-uns), trop de phrases zélées. Certaines qui n'auraient pas manqué de vous faire rigoler comme cette réponse à la question : qu'en est-il de la transparence verlainienne ? : « Une construction prédicative simple peut recouvrir la complexité des rapports conceptuels ou logiques, décelables à partir des procédures structuralistes de transformation. » E.M. Zimmermann note avec raison « poète dangereux pour la critique » ! Même mort vous inquiétez.

Selon Donos, vous aviez « la hantise de la gloire ». Or la gloire repose sur la formation d'une image publique qui conditionne la commémoration. Cette image officielle, il semble que vous ayez pris un malin plaisir à y être réfractaire. Le candidat au piédestal est un travailleur infatigable et vous êtes *d'une orde paresse* ; il cultive les valeurs familiales, s'active pour sa femme et ses enfants, or vous abandonnez les vôtres ; en amour, il est fidèle à son épouse, or non seulement vous

Verlaine mort, dessin de L. Loévy, 1896.

trompez la vôtre, mais avec des hommes. C'est un homme exemplaire, or comment vous donner à imiter ? Il est utile à la société alors que vous tombez à sa charge, il est moral et vous êtes immoral. « C'est un génie, direz-vous, et j'en suis un autre ! » Certes, mais on vit en vous le briseur de l'instrument poétique, vos innovations, incomprises, effrayèrent.

Non content de ce nihilisme social, de ce sabotage de votre biolégende vous laissez accréditer une « passion Verlaine », véritable « contre-biolégende » : votre existence se calque sur la chute de l'homme, la poésie seule semble une rédemption. *Tous les péchés capitaux je les ai commis en pensée et en action !* vous vous en flattez et même d'en ajouter quelques autres. Votre œuvre et votre personnage divorcèrent, l'une fit rêver, l'autre fit grincer. Désastreux déséquilibre pour votre gloire.

Tout vous rend inapte à la commémoration, même votre physique. Non pas à cause de votre laideur ou que l'on ait manqué de représentations de votre visage, elles se chiffrent par dizaines, mais toutes, saisies dans l'instant, conservent un caractère impressionniste. Charges ironiques, pochades affectueuses, rares peintures, photographies réalistes, mises bout à bout racontent votre vie en bande illustrée. Peu sont propres à créer une effigie si l'on excepte les sculptures de Niederhäusern et votre masque mortuaire. Le négligé vous sied plus que le solennel, le privé que le public. Aussi ne faut-il pas s'étonner des difficultés que rencontrèrent les promoteurs de vos monuments.

Des admirateurs, à l'instigation de Stéphane Mallarmé et de Rodin, avaient ouvert avec succès une souscription pour votre monument parisien lorsque parurent, intempestives, vos *Invectives*. « La légende (encore une) s'était accréditée d'un Verlaine à l'âme innocente et pure comme une âme d'enfant : crûment la vérité paraissait d'un Verlaine à l'ivresse méchante. Il y eut une brusque débandade... Pour s'être placé en dehors de toute règle, avoir jeté le défi à l'opinion, tiré vanité de ses défaillances, étalé ses plaies avec une orgueilleuse humilité, traîné sa veulerie du café borgne à la prison... pour avoir enfin donné une forme d'art aux suggestions de l'alcoolisme et au ressouvenir de vices innombrables, Verlaine a semblé digne de recevoir un hommage solennel... c'est là qu'est le scandale. » René Doumic ne faisait que résumer l'opinion générale dans la *Revue des deux Mondes*. Il fallut surseoir jusqu'en 1911.

A l'initiative de Jean de Baumont, le village d'Allauch, dont la beauté devait servir de cadre à l'affirmation de « l'union du peuple et des artistes », allait vous ériger en 1909 un élégant monument « sur un tertre élevé, dominant un admirable paysage de Provence ». Vous auriez eu pour compagne une muse mutine mais, fait unique dans les annales, avant même l'inauguration, « de misérables iconoclastes » brisèrent l'effigie qu'André Verdilhan avait imaginée. Quand on inaugura, en 1922, à Londres, un médaillon à votre mémoire sur la maison que vous aviez habitée, 34 Howland Street, qui partagea votre gloire ? : « un policeman, trois journalistes et un camion de charbon. » A Metz en 1925, le monument que Gustave Kahn avait tant désiré ne fut pas plutôt achevé qu'un cavalier jeta le buste à terre.

Peut-on dessiner une carte du tendre qui faciliterait à ceux qui vous aiment le plaisir de vous retrouver dans des lieux qui conservent une part de vous-même ? Certes, il y a des paysages du Nord où l'écho hoquète encore votre nom, mais ailleurs ? Maisons borgnes, closes, garnis, prisons, gargottes,

Niederhäusern-Rodo, Monument à P. Verlaine, Paris, Jardin du Luxembourg, 1911, photo G. Gardes.

hôpitaux, ces lieux transitoires de votre vie nomade, dont beaucoup ont disparu, peuvent-ils vous raconter ? La géographie sentimentale de votre vie, si essentielle pour enraciner une mémoire, créer les stations d'un « pèlerinage Verlaine » risquerait de fourvoyer le mieux intentionné ! Même mort, elle vous rend infréquentable !

Restent la tombe, les monuments. Vous auriez approuvé qu'ils évitent de vous *couper en deux*. Votre œuvre, votre vie s'y confondent ; chacun éclaire des tendances complémentaires de votre *ego*. A Paris, au jardin du Luxembourg, Auguste de Niederhäusern a voulu vous saisir tout entier et s'en explique dans le *Mercure de France* : « J'ai cherché une synthèse, un symbole, voici : il y avait trois âmes dans Verlaine : une âme religieuse, une âme sensuelle et une âme d'enfant, celle des souvenirs et des confidences ; j'en ai fait mes trois figures : l'âme religieuse, inquiète et maternelle, enserre dans ses bras les deux autres ; elle regarde par-dessus leurs têtes, au loin comme une vigie, et, là-bas, par delà l'océan des passions tumultueuses, elle aperçoit, dressé comme un phare sur l'horizon, le clocher tout blanc de l'église d'enfance. » A Metz, James Vibert, selon Jean de Fontanes, « a fait resurgir ses souvenirs de cama-

Vibert, Monument à P. Verlaine, Metz, 1925, photo G. Gardes.

rade et de confident… Le songe du *Pauvre Lélian s*'incarne sous la patine irisée du bronze : les yeux mi-clos qui s'enivrent de l'enchantement intérieur, les traits têtus et indécis à la fois, écrasés légèrement sous le poids de la réalité, et surtout ce dôme du front, nimbé de clarté et qui illumine l'ensemble du visage ! Le reste du buste n'est qu'une forme embuée, voilée, pour que rien n'y trouble la méditation noble de la figure. Deux mains caressantes, *les chères mains qui furent miennes, e*nroulent sur l'un des côtés une guirlande de lauriers. Tel qu'il s'érige face au paysage de Lorraine où sinue la Moselle, il résume en lui toute la douceur navrée des *Romances sans paroles*… et exprime avant tout le poète… de *Sagesse.* »

Ne pas être présentable à la postérité selon des critères sociaux conventionnels n'empêche nullement d'être apte à l'immortalité. Beaucoup, dans les années 1890, virent « le meilleur poète de son temps » (Anatole France vous rend cette justice) arpenter les rues du quartier Latin. Donos se souvient de vous « coiffé d'un chapeau mou, vêtu d'un carrick » qui vous donnait une « vague ressemblance avec un chanteur des rues » ; Carco précise : portant « un vieux chapeau en tuyau de poêle, un macfarlane pisseux à carreaux jaunes, décolo-

Verlaine marchant, vu de dos, dessin de F.-A. Cazals, 1893.

rés, qu'il avait rapporté de Londres » ce qui vous donnait une « dégaine d'outre-Manche ». Paul Valéry conserva dans l'oreille votre pas singulier de dandy dérisoire : « ce maudit, ce béni, boitant, battait le sol du lourd bâton des vagabonds et des infirmes. »

Silhouette à la canne claudiquant sur le macadam, ainsi vous représente E.A. Cazals, vous entrez dans la légende à petits pas, hésitant et usé, légèrement voûté comme le semeur qui se penche, frileusement emmitouflé d'un cache-nez, tournant en bougonnant le dos à votre siècle, mais avec, au fond du cœur, l'espoir.

Homme qui marche, mais plus incertain que les personnages d'Eugène Sue, de Rodin, de Giacometti, d'une démarche qui tâtonne, *comme un qui boite au loin* vous avancez. Vous êtes la faiblesse qui va, la nôtre, celle de l'humanité.

Maintenant, je peux le dire, de vos vers on se souvient, certains même errent de bouche en bouche et l'on croit qu'ils ont toujours existé. | *Ah, vivre encor ! Mais quoi, ma belle,* | *Le néant est mon froid vainqueur…* | *Du moins, dis, je vis dans ton cœur ?* |

AU FOND, QUEL HOMME ÉTIEZ-VOUS ?

« Taille 1 mètre, 74 centimètres, cheveux châtains, sourcils châtains, front découvert, yeux noirs, nez petit, bouche moyenne, menton rond, visage ovale, teint sain, corpulence ordinaire. Marques particulières : néant. » Tel est votre signalement lorsque, à 29 ans, vous entrez à la prison de Mons. Morice apporte des nuances, parle « d'une forte stature, avec un front très haut, très large, qui dominait comme un dôme tout le visage assis carrément sur de puissantes mâchoires ; un menton bref, presque fuyant ; un nez court et large, aventureux ; des yeux vifs et petits. » Une calvitie précoce fit de vous un front, un « crâne énorme et oblong entièrement dénudé, tourmenté de bosses énigmatiques ». Félix Valloton a stylisé dans un bois gravé les veines concentriques de cette ossature qui traduisait « l'apparente et bizarre contradiction d'un ascétisme têtu et d'appétits cyclopéens ». Huret fait de la laideur le trait dominant de votre physique : « tête de mauvais ange vieilli, à la barbe inculte et clairsemée…, nez brusque…, sourcils touffus et hérissés comme les barbes d'épi. » A quel point ce *gueusard de physique* influença-t-il votre comportement ? Cazals rapporte que Sarah Brown, éprise de vos vers délicats, s'évanouit de saisissement lorsqu'elle vous vit.

Elles ne m'ont pas trouvé beau. Étiez-vous assez cabotin, pour jouer de cette laideur ? Bywanck vous décrit au café : « Tantôt le front du poète se renflait, les narines palpitaient et le malin satyre apparaissait, avec des yeux tirés au coin qui appellent la jouissance. Tantôt ses sourcils se fronçaient, le regard indiquait la colère, la main frappait la table, la voix avait des éclats de tonnerre, pour se changer en rire franc qui se modérait tout à coup et passait par une transition subtile, au rire timide d'un enfant qui craint la punition. » Symons qui vous accueillit à Londres parle de votre « masque tragique, grotesque, souple » de vos « paroles étranges, décousues, intimes, prodigieuses, tremblantes, gaies » qui « frisaient toujours la poésie » laquelle n'était chez vous « que le choix, la concentration d'une humeur ou d'un moment. »

Vous affirmez *je suis vraiment né saturnien.* Que faut-il comprendre ? Que cette mélancolie à

Verlaine, bois gravé de F. Valloton, 1888.

laquelle vous communiquez une intensité insoupçonnée, « la tristesse verlainienne », coulait dans vos veines comme elle court dans votre œuvre ? En quoi diffère-t-elle du spleen de Baudelaire ? *Saturnien* implique-t-il un déterminisme astrologique ? En quoi cette métaphore de l'anéantissement, Saturne dévorant sa progéniture, se repaissant de son destin, vous concerne-t-elle ? Prédisposition, atavisme, trait de psychologie collective ? Quel mal de vivre vous transmit votre père, ce type de l'ancien militaire que l'on retrouve dans les familles de plusieurs poètes contemporains ?

Homme du Nord, comme Rembrandt, Van Gogh et Brel, vous menez la quête d'un soleil intérieur qui illuminerait votre âme inquiète. Le messin que vous êtes : | *O Metz, mon berceau fatidique,* | *O ville où riait mon enfance...* | craint les lumières du Sud : *Moi, du Nord... j'aime peu le soleil, il me cause des nausées, il m'étourdit.* Pourtant vous êtes un frileux constamment emmitouflé, avec, dans les oreilles, ce coton qui atténue la perception du monde, et, au coin des lèvres, la longue pipe flamande, parfois le cigare. Du Nord aussi cette gaillardise gallique (ou cette paillardise phallique !), ce goût de la fête bachique, de l'obscène.

Verlaine à Moissy, dessin de P. Verlaine, 1870.

Fils unique, trop choyé par une mère trop aimante, « garçon très doux, très bon » mais « jamais fatigué d'être inattentif et naïf », railleur, frondeur, gouailleur, rieur, vous êtes aussi *l'homme généreux en personne.* En vous cohabitent le monsieur distingué et le populacier. Tout est contradiction, vous avez les défauts de vos qualités et votre ingénuité d'âme accompagne les pires turpitudes. On vous dit faible de caractère, influençable, vous êtes cyclothymique, mais rien ne peut vous faire renoncer : votre ambition est suprême, vous serez poète.

Chez vous, la volonté de surprendre, de se singulariser va jusqu'à la provocation, au scandale. Votre « mise débraillée et excentrique était le fruit d'un effort systématique vers l'originalité aux dépens de la correction ». N'est-il pas déjà surréaliste de s'attabler pour boire et fumer dans le squelette d'une baleine échouée sur le rivage, comme Gavroche réfugié dans l'éléphant de la place de la Bastille ? La tentation permanente de l'extrême vous conduit à la caricature, à la dérision, à l'excès.

La société ne propose rien que vous ambitionniez. Rien, sauf par passade ou pour retrouver

Verlaine lisant, dessin de P. Verlaine.

le « droit chemin ». L'influence de Rimbaud, intransigeant dans sa révolte méditée, a renforcé vos tendances à la marginalité, prêtes à la compromission. Dès lors votre vie, roman feuilleton plein de bruit et de fureur, en passe de ne signifier rien, vous échappe, vous aspirez à l'ailleurs, et si l'enfer « est le ciel en creux » comme dit Barbey d'Aurevilly, vous ne cessez de vous y abreuver.

Que faire lorsque | *L'âme seulette a mal au cœur d'un ennui dense,* | est | *Triste jusqu'à la mort* | ?

Il faudra que je m'en aille très loin, un jour. L'alcool, viatique du voyageur sans bagages, autorise des départs à heure fixe pour quitter ponctuellement le présent et fuir le passé. L'ivresse fut souvent votre terminus. Ce goût de s'enivrer, habitude nordique acquise à l'adolescence, était déjà dans la famille ; Saint-Pol-Roux parle de votre grand-père « en constante hésitation entre la chapelle et le cabaret ». Cette tendance se fortifia de justifications littéraires puisées chez Baudelaire : « Il faut toujours être ivre… Pour ne pas sentir l'horrible fardeau du temps… il faut vous enivrer sans trêve. » La griserie, propice à l'engourdissement des sens, à un état de réceptivité favorable à l'ins-

Verlaine en tenue d'intérieur, dessin de P. Verlaine, Aix-les-Bains, 1889.

piration, stimula peut-être la fusion des mots et des sons, mais « l'abrutissement de l'ivrogne est loin de la griserie poétique. » Trop fidèle maîtresse, la boisson vous « rendait sujet à des colères terribles ». Rimbaud vous juge « violent et dangereux » quand vous avez bu ; femme, fils, mère, ami, vous avez failli les tuer.

Ce que vous buviez ? vin gris des Ardennes, *vins lentement dégustés*, péquet, kirsch, *genièvre inoffensif*, rhum à l'eau, bière : *du pale ale et du stout encore*, avant que le *grog et le punch inaugurent leur sirupeux empire*... Zilcken vous revoit en Hollande séduit par la palette des « amersschiedam » blonds, topaze, rougeâtres, vert pâle, prêt à inventer une gamme « dipsocolore » ! Mais, vous préfériez l'absinthe, apéritif de votre siècle, comme la tuberculose en est la maladie. Votre ami James Vibert raconte : « Dès le matin, il s'installait à sa table, faisait venir une absinthe, puis une autre, puis des alcools innombrables ; et cela continuait jusqu'à l'ivresse ». Bac, Degas, Lautrec, Steinlen ont fixé sur la toile le moment de ce rite commandé par l'œil vert du verre. Faut-il vous prendre au sérieux lorsque vous déclarez : *sa virilité évoque un peu les frondaisons* ! Pas plus que Huret lorsqu'il parle de votre regard « vert et

Verlaine au café du Globe, dessin de F. Bac, 1887, photo B.M., Metz.

profond » ! Ce que vous ignoriez : l'esprit toxique de cet alcool fait perdre l'esprit ; ce que vous dégustiez : cette saveur douce-amère de vermouth qui imbibe vos vers *savoureux d'aigreur veloutée.* Vous avez aimé l'absinthe jusqu'à l'absurde.

Je voillage vertigineusement ! résume votre vie. Casanier qui aime son *home*, tout vous prédisposait à une vie rangée. Ce nomadisme - vous le partagez avec de nombreux artistes - exprime d'abord une instabilité qui fait de vous un gyrovague, « un chemineau lettré », dont « les souliers ont beaucoup voyagé. » Le mal-être vous pousse à partir, fait de vous un errant ou un *pedzouille* vadrouillard à la débine, sorte de prince des S.D.F. Vos haltes : Procope, Soleil d'Or, Chat Noir, La Gauloise, Les Escholiers… brillent au ciel de la rue comme de poétiques constellations. Tenon, Broussais, Cochin, Bichat sont vos étoiles noires.

Différente est la volonté qui vous anime de découvrir le monde lorsque, en routard, vous partez avec Rimbaud : *Nos belles curiosités eussent mangé tous les atlas* ! | *Des paysages, des cités* | *Posaient pour nos yeux jamais las.* | Belgique, Angleterre, Hollande, les basses terres du Nord seules vous attirent. Une fois dans votre vie vous descendez au sud de Paris vous soigner à Aix-les-Bains. Européen du Nord vous ne ressentez pas les frontières et partez même à la conquête du langage.

Vivre en *bohème* exige un choix social raisonné. Cette éternelle attitude de refus : de la société, de l'ordre imposé (particulièrement sensible après une période autoritaire comme le Second Empire) a son style, son langage, ses parures, ses valeurs. Elle invite au dandysme à rebours, oppose dynamisme à sédentarité. Aventure, négation du présent et du futur, elle prend le contre-pied des habitudes établies. A cet art de (sur) vivre, l'opéra, la chanson donnèrent une aura romantique. Beaucoup parmi vos amis, à commencer par Rimbaud, étaient des bohèmes impénitents ; J.-B. Péaron, votre fidèle portraitiste, *n'avait plus qu'une mère... l'assistance publique* et mourut à l'hôpital à 46 ans. « Préface de l'Académie ou de la morgue » la bohème « n'est pas un chemin, c'est un cul-de-sac » ; on la nomme *galère* aujourd'hui.

Vous hésitez constamment entre le bohème et le pantouflard, entre le poète rangé et le poète qui dérange mais finalement, vous appartenez,

Verlaine et Rimbaud à Londres, dessin de F. Régamey, 1872.

comme dit Murger, à cette « race des obstinés rêveurs pour qui l'art est demeuré une foi et non un métier. »

Le sexe aussi conduit à l'ivresse et vous aviez *la fureur d'aimer*. On compte difficilement vos partenaires des deux sexes et l'on se demande encore où allaient vos préférences, les uns considérant (charitablement) votre homosexualité comme accidentelle, et même la niant, beaucoup l'ayant constatée là où elle n'est pas. Certains poèmes ont fait l'objet d'exégèses ingénieuses pour deviner qui, au masculin ou au féminin, se profilait derrière vos vers. C'était oublier que la création a des raisons que souvent la biographie ne connaît point, même si vous étiez *vraiment un féminin*. Une chose est sûre, ni l'amour absolu ni le mariage n'étaient faits pour vous, surtout avec une femme-enfant même si vous l'avez trouvée belle : *Je la vois toujours en gris et en vert, vert tendre et gris sombre à cause de ses cheveux indécis, plutôt foncés dans le châtain clair, et de ses yeux dont on ne saurait dire la couleur ni deviner l'instinct.* Il vous fallait de fortes femmes, maternelles, dont les corps laids pour les uns, beaux pour les autres, racontent, gravées dans les replis de la chair, des histoires qui rassurent. Dans les corps masculins vous aimiez la jeunesse et la beauté. Rimbaud *au visage parfaitement ovale d'ange en exil, à la forte bouche rouge au pli amer,* était beau comme « une charmante jeune personne. » La mort de Lucien Viotti vous laissa inconsolé : *tout ton être élégant et fin de vingt ans, ta tête charmante (celle de Marceau en plus beau), les exquises proportions de ton corps d'éphèbe sous ce costume de gentleman, m'apparaît à travers mes larmes lentes à couler.* Mais il y avait l'envers, la débauche, la pornographie, la laideur.

Où conduisait cette diversion ? A la négation de soi, à la déchéance. Restait la foi pour transcender une existence insupportable. Vous l'avez tentée.

L'éducation, les attaches cléricales avaient préservé en vous la semence pieuse bien que vous soyez devenu « un fanfaron d'impiété » blasphématoire. Il faut avoir un tempérament mystique pour ressentir à douze ans *cette chose presque physique que tous les pratiquants de l'Eucharistie éprouvent, de la Présence absolument réelle, dans une sincère approche du sacrement.* Certains connaissent l'illumination sur le chemin de Damas, d'autres dans leur

« poêle », pour vous ce fut en prison : *Je croyais, je voyais, il me semblait que je savais, j'étais illuminé.* Il y avait là quelque chose d'inattendu et de convenu qui éveilla le doute sur votre sincérité. D'aucuns crièrent à l'imposture en lisant vos vers « pénitents et dévots » exprimant à travers « la foi la plus naïve, la plus soumise », l'amour de Dieu. Léon Bloy vous perçut avec plus de finesse : « Parler de Jésus en croix, de la Vierge Marie, de l'Ange gardien, reprendre toutes les vieilles idées, toutes les vieilles images dévotes, que des siècles d'accoutumance ont banalisées, délayées, déteintes jusqu'au ridicule, et les restituer à la vie, au flamboiement, tel fut le prodige ! »

Finalement Donos conclut : « *Sagesse* est le livre sublime où le néophyte a noté les impressions de ce voyage imaginaire. » Le voyageur mystique était revenu.

D'autres voyages déboussolés au bout de vos nuits vous l'enseignèrent : le rêve était bien *l'unique outil qui pourrait avoir raison de la mort.* Là où l'alcool, l'errance, le sexe, la foi avaient échoué, l'art sur lequel vous aviez misé pouvait réussir. Seul il pouvait permettre une survie terrestre et redonner un futur à votre vie. *J'entasserai prose sur vers, en des critiques, en des nouvelles, en des romans, en des poèmes... sage je deviendrai...*

Arthur Rimbaud par Paul Verlaine, 1872 (Lauros-Giraudon).

« NOUS, ARTISTES DU CONCEPT ET DU VERBE... »

Être artiste nécessite un tempérament, mais vaut-il mieux être ignorant que savant ? Les générations contemporaines inclinent à penser que l'ignorance favorise la création. « Ce poète (vous) est... un ignorant » clame à tort Jules Lemaître. Vous êtes cultivé.

G. Zayed a recensé vos « lectures abondantes et variées », vos curiosités les plus inattendues, pour l'Inde (votre tentation de l'Orient avec le Japon) et l'Angleterre ; pour vos contemporains, et les romantiques. Outre Baudelaire qui inspire vos premiers poèmes, Hugo votre ami, Banville votre *très illustre et très indulgent maître*, Coppée, Gautier, Leconte de Lisle, Mendès, Mallarmé, Marceline Desbordes-Valmore etc. sont vos « autorités ». Hôte assidû des salons, cénacles et réunions de poètes, vous êtes un liseur qui *dévore.*

Homme de lettres aux talents multiples, professeur et conférencier par nécessité, vous êtes journaliste, essayiste, fin critique, biographe et épistolier par vocation. On aime lire vos lettres « décousues et négligées, émaillées de jurons, et fleuries parfois de termes obscènes. » Souvent pleine de fébrilité inquiète, illustrée d'un croquis ironique, cette correspondance présente « un débit aisé, naturel, rapide..., un franc-parler qui tient de la conversation » et laisse surprendre le procédé et l'invention. Vos *Confessions* donnent corps à une autobiographie que votre œuvre pratique en permanence ; vous vous confessez en prose et vous confiez en vers.

Vous aimez toucher, sentir, écouter. Dans la campagne flamande vous expérimentez les sons discordants : *bruit d'un orchestre chaos, clarinette folle, piston enroué, violon intempérant et triangle*. Dans le salon de Nina Callias *les accords qui frôlent le cœur* vous émeuvent. Vous ne jouez d'aucun instrument mais fréquentez le concert et l'opéra, connaissez par cœur des dizaines d'airs d'opérettes, avez de l'amitié pour Chabrier, une préférence pour Offenbach et la passion de la voix.

Amateur à la sensibilité toujours en éveil, vous visitez les musées de Paris, de Londres, *les palais remplis de tableaux* d'Amsterdam. Vos amis peintres sont nombreux, à commencer par vos portraitistes : Aman-Jean, Bazile, Carrière, Cazals, Cros, Fantin-Latour, Régamey, Steinlen, Vallotton, Zilcken. La sculpture ne vous est pas étrangère : vous fréquentez l'atelier de Léon Bertaux et de sa femme ; James Vibert est un compagnon de jeunesse, Niederhäusern de maturité. A l'aise, vous collectionnez : *quel véritable plaisir que de feuilleter des estampes* ; pauvre vous revendez, même vos portraits. Vous admirez les eaux-fortes de Rembrandt et de Dürer, savez en suggérer avec des mots les effets, nuances métalliques, *teintes de zinc*. Votre aptitude à reconnaître les matériaux, particulièrement ceux de la ville industrielle, vaut celle de l'architecte : fonte des ponts, | *escaliers en vrille, tout aciers* | *Et cuivres...* |

Vos goûts ? La peinture hollandaise, dont vous dessinez les natures mortes ; flamande, que vous retrouvez dans les paysages ardennais : *Je vais parfois, un livre en main, m'asseoir devant ces mélancoliques peintures flamandes et j'y reste des heures entières, suivant rêveusement, en leur vol incertain, soit le bleu martin-pêcheur, soit la verte demoiselle, soit le ramier couleur de perle.*

L'acajou, les panneaux violets... peints en vert sombre des mastroquets londoniens *font songer, quand on cligne de l'œil, à des fonds de Delacroix*. Monticelli *est à mille piques au-dessus* de Turner ; vous nourrissez une prédilection pour Watteau, autre natif du Nord, et les peintres du XVIIIe siècle. Les Troubadours vous troublent, le Moyen Âge vous tente. Mais, fait significatif, rien de classique, Antiquité, Renaissance ou XVIIe siècle, n'attire le poète historien épris de modernité que vous êtes. Répulsion à la froideur, à l'intellect viril épuré ? Une attirance pour Gongora s'accorde avec vos préférences pour le rococo et le baroque, féminins et sensuels. Votre œuvre dit le « connaisseur » éclectique.

Le sens du « trait » caractérise portraits écrits et pochades dessinées. Leconte de Lisle *était un beau causeur, avec son monocle traditionnel et sa cigarette légendaire, gai tout juste, enjoué parfois, il portait bien ses cinquante ans passés. A contempler sa large tête hâlée, ses traits hardis et réguliers, son grand front obstiné, son nez droit volontaire, ses lèvres assez fortes, dessinées d'une ligne extraordinairement nette et pure, tout cet ensemble athlétique que confirmait un regard clair, troublant dès qu'il insistait, on eût dit plutôt un Breton... qu'un créole. La voix se tenait dans une note élevée mais... devenait grave dès que la discussion se faisait sérieuse.* Victor Hugo vous parut *au point culminant de son physique : ses cheveux à peine raréfiés, plutôt sel que poivre, sa barbe abondante, plutôt poivre que sel, et sa moustache presque noire encore, le faisaient positivement beau.*

Hugo lavait à l'encre des paysages fantastiques ; Pasteur exécutait au pastel ou à l'huile des portraits achevés ; vous êtes caricaturiste né. *Les yeux surtout, chez moi, furent précoces... J'étais sans cesse en chasse de formes, de couleurs, d'ombres... C'est sans doute à ces dispositions que je dus d'avoir un goût des plus précoces et très réel pour le gribouillage d'encre et de crayon et le délayage de laque carminée, de bleu de Prusse et de gomme-gutte sur tous les bouts de papier me tombant sous la main.*

Incisif, grinçant, dérisoire, vous trouvez le trait ironique, rapide, qui condense et dérange. Grosses têtes fouillées sur de petits corps stylisés, vous mettez les rieurs de votre côté. Daumier, André Gill, Alfred Le Petit sont vos références et vous faites parler vos personnages avec des

« bulles » de bande dessinée. Il ne s'en fallut que de quelques années pour que vous puissiez voir en 1906 dans le *Chicago Sunday Tribune* le Wee Willie Winkie's World et les Kin-der-Kids de Lionel Feininger dont la fantaisie verbale et plastique s'apparente à la vôtre. Caricaturer est un exercice salutaire que vous pratiquez sans méchanceté à l'égard de vous-même et des autres.

Qui sait ? J'eusse pu être un grand peintre en place de ce poète-ci ! Vous ne l'avez pas été en appliquant des touches de peinture sur la toile mais vous l'êtes en harmonisant les mots sur le papier. Vous participez de cette révolution du paysage qui caractérise votre temps. Non seulement vous êtes poète paysagiste, mais non content d'inventer le « portrait paysager » vous créez le « paysage intérieur », en affinité de démarche avec Cézanne. | *Votre âme est un paysage fleuri.* |

Que conservez-vous du paysage extérieur ? À la ville industrielle vous empruntez la modernité. À Londres *la Tamise est superbe... un immense tourbillon de boue, quelque chose comme un immense goguenau débordant. Ponts véritablement babyloniens, avec des centaines de piles de fonte... peintes en rouge sang. Les mai-*

Verlaine à la ferme, dessin de P. Verlaine.

sons de briques jaunes deviennent... obscurément rougeâtres. Dans les atmosphères glauques, le gaz flambe et nage. Seules manquent les « portées de rails » de Guillaume Apollinaire. Paris est une femme vénale | *Qui lèche ses tyrans et qui mord ses victimes.* | Dans la Seine gisent *les espérances noyées.* C'est la ville corruptrice annoncée par Rousseau, dénoncée par Rilke : ces cités « entraînent tout dans leur hâte dévorante ».

La nature est symbole d'éternité. L'homme du plat pays, de l'interminable ennui de la plaine, ignore la mer *plus belle que les cathédrales*, la montagne à l'allure *de fortification, de château fort* et le Sud, « pays imbécile où jamais il ne pleut ».

Le train relie les mondes de la ville et de la campagne. Comme dans les tableaux de Pissaro, il *glisse sans un murmure* ; mais peut, comme chez Turner, devenir *infernal et méchant. Le panache blanc de la locomotive...* symbolise à merveille *la gloire toute industrielle de ce siècle,... la fumée du train est bien le... panache de notre civilisation.*

Vous recréez un univers personnel en recombinant des éléments choisis pour leur valeur sentimentale. Votre poésie a la fluidité de l'eau qui chante à l'oreille. Mais veillent les miroirs *d'eaux noires, les lacs d'une mélancolie intense, les étangs d'eau clapotante, sombres à force d'être clairs, mais si profonds*. Heureusement, des fêtes secrètes jaillit la joie du jet : | *Les grands jets d'eau sveltes parmi les marbres* | dont la courbe mélodique de Gabriel Fauré accompagne si bien la trajectoire. | *Roule, roule ton flot indolent, morne Seine.* | Cours de l'eau, cours de la vie ? | *Et son reflet dans l'eau survit à son passage.* |

La neige qui *tombe à longs traits de charpie* ou *tapisse sans bruit le sol*, enveloppe le monde d'un silence palpable. Querelleur et violent, le vent *cherche noise, se rue*. Au vent d'été de *lourde volupté* s'opposent *les bises rudes* de l'automne. Vous détestez le plein soleil, *despotique, pesant*. Sa lumière blanche, *incolore*, nie la nuance. Vous pensez intuitivement comme Chevreul expérimentalement : le mélange optique des couleurs tourne au blanc. Le rayonnement solaire commande : | *Et la lumière crue…* | *Te montre le Devoir* | *En sa forme bourrue.* | Singulier ressouvenir du vieux mythe monarchique… Cette lumière est rarement amorphe. Un reflet, un tremblement, | *une rotation incessante de moires* | en traduit les vibrations.

Je reste taciturne à cause de la lune. Le *Clair de lune* donne aux *Fêtes galantes* leur éclairage. Plus qu'un astre c'est un personnage issu de la fable, *la sorcière, l'incantatrice.* Maîtresse d'erreur et de fausseté, elle transforme le paysage. Mais elle caractérise l'un des moments du jour que vous préférez : le clair de lune est *triste et beau, blême et doux.* C'est une heure *indécise* comme le *soir équivoque, l'aube affadie*, et même le *couchant sanguinolent.*

Vous êtes un coloriste complexe. Votre palette combine des notations d'origines diverses. *Noir péché, pénitence blanche* ; *lierre noir* sont empruntés aux symboliques religieuse et littéraire. Le rouge est la couleur de Saturne. « L'or, comme le blond, semble être naturellement le symbole de l'amour exubérant et jeune » note Bornecque. Le roux appartient à la *fauve passion.* Vous avez « la hantise du blanc » dit Weber. En l'associant à son contraire vous produisez des effets saisissants : il y avait à Londres *des nègres comme s'il en neigeait* ! Pour vous « azur » n'existe pas, *vermeil* est votre mot fétiche. Cette nuance de rouge vibre d'un éclat mordoré. « Je vois les vents vermeils » dira Verhaeren.

Pas la couleur, rien que la nuance. C'est elle que vous poursuivez en modifiant le mot lui-même.

Il y a des sites *noirouffes*, des *petites maisons noirousses*. Le plus souvent vous juxtaposez les adjectifs comme le peintre impressionniste juxtapose les touches pour qu'à distance naisse une nouvelle ambiance colorée : à Bournemouth, la mer I… *a des airs bleus* I *roses, gris et verts* I. Comme lui vous colorez les ombres de leur ton voisin : vous voyez I…*un bain* I *De lumière si blanc que les ombres sont roses.* I Comment créer des demi-tons dans une gamme donnée ? En associant deux couleurs : *rose-gris, rose-noir*… Procédé ultime, la métaphore : I *L'atmosphère est de perle et la mer d'or fané.* I Vous savez aussi faire « chanter » la couleur en plaçant I *Des étoiles de sang sur des cuirasses d'or.* I Pastels, passés, fanés, en sensations adoucies vos tons favoris s'estompent.

Votre talent de plasticien du verbe et du vers fait de vous un virtuose. « On écrit des vers avec des mots » dit Mallarmé. Friand de mots, vous les pensez comme des sons qu'on regarde, des signes qu'on entend, des parfums que l'on hume et vous les savourez. Bonbons sonores, acidulés ou sucrés, évocateurs de souvenirs, vous les tournez et retournez sous la langue pour en apprécier le goût, en combiner les saveurs, en distiller l'écho et soudain, crac, vous les brisez sous la dent.

Tout commence avec une bonne vieille plaisanterie : Offenbach devient *Offre-un-bock !* Substitution comique de suffixe, latinisation bouffonne, et l'on obtient *Hugum* pour Hugo, *bural* pour bureau, *Bruxoir* pour Bruxelles. Astuce sur l'orthographe et « on ferme » devient *on pherme*. La caricature sonore naît de la parodie des accents : celui de votre éditeur hollandais : *ce cher Blok veut dongues me mèdre sur la baille* ! La transposition en vers permet de moquer l'accent auvergnat d'un juge en faisant rimer *boîte* (prononcé boète) et *poète* ; ou de parodier l'accent méridional par une cascade de **e** sourds : trist**e** gagn**e** p**e**tit.

Badin, vous écrivez à votre cher *collaborateur* ; rageur, à la mort de Lucien Létinois, enivré de la lecture de ses lettres, vous brisez le nom du lieu de sa sépulture :

| *Fou de plaisir, à travers bois, les relisant*
| *Cent fois.* |- *Et cet* ***Ivry-*** | ***Commune*** *d'à-présent* |
1 6 12

Cette manière de placer un mot sous le couperet de l'accent de césure sert des buts variés comme produire un effet oratoire :

…| *Résolu de n'être **AB*** | ***solument** qu'un poète* |…
1 6 12

Vous donnez la prétention à hacher à la rime :

| *Soit le Bienfaiteur qu'il **pré***
***Tend** être par mont et pré* |…

Vous invitez même à plusieurs lectures rythmiques :

| *Tel,* | *un bon iconographobibliophile* |
ou | *Tel, un bon icono* |*graphobibliophile.* |

Paradoxe, avec un procédé destructeur vous construisez, comme fera Dada.

Amateur de langues, vous appréciez *le Belge dans toute sa verdeur… avec ses malices et ses naïvetés bien genuine* et pratiquez des jeux de mots anglo-français, à la manière d'Astérix chez les Anglais : demandant un alcool (spirit) dans un pub : *« Nous ne tenons pas d'esprit » m'a répondu une maid* ! Il y a en vous du Sheridan et du Dickens. Un sens aigu des niveaux de langage vous invite à explorer en précurseur les ressources de l'argot et de l'obscénité.

| *Que ton vers soit la chose envolée* |. Vous vous flattez d'avoir *assez brisé* l'alexandrin *en déplaçant la césure le plus possible*. Que de reproches ne vous a-t-on pas faits pour vous être attaqué au *mètre sacro-saint*, alors que là réside une grande part de ce génie qui fit évoluer la poésie française. Le vers classique de douze syllabes se prête *aux énonciations claires et à l'exposition rationnelle des objets*. On ne saurait être plus cartésien. Sous sa forme de deux hémistiches de six syllabes il présente une raideur qui accompagne mal les élans du cœur quoique bien des poètes et non des moindres s'en soient accommodés.

On vous doit d'avoir substitué à la cadence paire à deux temps la cadence impaire à trois temps. Le rythme de trois fois quatre syllabes donne à ce vers un équilibre plus subtil, un charme plus insinuant. L'alexandrin « valse » sur un rythme proche des pulsations cardiaques ; comme dit Morice, vous faites « chanter le sang ». Souffle de la vie, musique du cœur, mélodie de l'âme. On peut même se demander si vous n'avez pas redécouvert une sorte de rythme biologique mémoriel remontant au lointain des âges... Instinctivement vous retrouvez le vieux dilemme du *trois* et du *quatre* (deux fois *deux*) que la *treyve* et le *carrefour* ont gravé à la surface du monde, le X chassant le Y, chiffres possibles du masculin et du féminin, du classicisme et du baroque.

Mais ce n'était pas assez. Selon les besoins, ce vers vous l'avez allongé à treize syllabes ou raccourci à onze pour écrire *Crimen Amoris*. « Le vers de onze syllabes est... tressautant, admirablement propre à exprimer les inquiétudes sensuelles... Le vers de treize syllabes est un alexandrin... abandonné, et si l'on osait dire, vautré. Il exprimera merveilleusement l'espèce d'abandon où l'on se plaît après les excès des sens. » Après avoir forgé vos outils, vous les avez perfectionnés. Pourquoi ne pas placer les coupes et les accents à la demande, en fonction de l'expression ? Acrobate de la syntaxe et du rythme, vous imitez par la cadence des mouvements de l'âme. Ainsi, vous écrivez : | *Mais encore un coup,* ***Dieu*** | ***bon,*** *illuminez-les* | créant un vers *très boiteux, dont la claudication exprime la chute dans l'orgueil, comme le pied qui s'enfoncerait dans un trou pas vu*. Votre vers ému balbutie, votre voix se brise : | *Seigneur, c'est trop ! vraiment je n'ose. Aimer qui ? Vous ?* |

Vous avez procédé à la même révision des autres types de vers, allant rechercher dans le passé le décasyllabe avec une volonté de remonter avant la naissance de l'alexandrin qui a quelque chose de préraphaélite ! Vous avez aussi joué avec leur mesure : | *Tachée comme un décor d'opéra* | compte dix syllabes à condition de compter le **e** sourd de tach**é**e qui ne le devrait pas… Vous avez réservé les autres vers impairs pour *les occasions harmoniques ou mélodiques* où *la fantaisie fut mieux à l'aise*. Paul Claudel constate : votre vers n'est « plus un membre logique durement découpé, c'est une haleine, c'est la respiration de l'esprit, il n'y a plus de césures, il n'y a plus qu'une ondulation, une série de gonflements et de détentes ».

Avec la même liberté étroitement surveillée vous avez repensé l'agencement des vers entre eux, l'enjambement, la strophe et la rime. *Non la rime n'est pas condamnable, mais seulement l'abus qu'on en fait. Notre langue peu accentuée ne saurait admettre le vers blanc… Rimez faiblement, assonez si vous voulez, mais rimez ou assonez, pas de vers français sans cela.* Vos rimes, volontairement appauvries, disparaissent « sous une avalanche d'échos intérieurs ».

Non seulement, vous avez « tout essayé et tout modifié » affirme Bruneau, mais vous avez demandé à votre instrument poétique - qui fait évoluer la métrique traditionnelle tout en la conservant - le maximum de ce qu'il pouvait fournir, parfois des prouesses. Vous multipliez « les interrogations… les affirmations, niées dès qu'avancées, les exclamations, les parenthèses, usant et abusant du langage oral et familier. » Vous flirtez avec le vers libre sans le déflorer. Vous assouplissez la versification française en favorisant une accentuation sentimentale, ce qui la rapproche de la prose rythmée, comme dit Cuénot, mais surtout de la langue parlée, de la vie, de la voix.

Quelle maestria ! Huysmans est admiratif : « Muni de rimes obtenues par des temps de verbes, quelquefois même par de longs adverbes précédés d'un monosyllabe d'où ils tombaient comme du rebord d'une pierre, en une cascade pesante d'eau, son vers coupé par d'invraisemblables césures, devenait souvent singulièrement abstrus, avec ses ellipses audacieuses et ses étranges incorrections qui n'étaient point cependant sans grâce. Maniant mieux que pas un la métrique, il avait tenté de rajeunir les poèmes à forme fixe ; le sonnet qu'il retournait, la queue en l'air… ; ou bien… dépravait, en n'accouplant que des rimes masculines pour lesquelles il semblait éprouver une affection ; il avait… souvent usé de forme bizarre, d'une strophe de trois vers dont le médian restait privé de rime, et d'un tercet, monorime, suivi d'un unique vers, jeté en guise de refrain et se faisant écho avec lui-même. »

Maître des mots, de la syntaxe et du rythme, restait à moduler votre voix : *De la musique avant toute chose.*

Force est de le constater, vous êtes une oreille, en avance sur son temps, exercée au point d'apprécier des *accords harmonieusement dissonants*. La couleur sonore de votre poésie, si originale, si prenante, constitue dans le monde du verbe une révolution, au même titre que Debussy et le jazz en musique. André Gide tient la musique de vos vers « pour une des plus parfaites, et des plus pures qu'on ait jamais fait entendre à la France. »

Ariettes, *Chansons*, *Romances*, vos titres disent vos ambitions. Vous aimez les *chansons si musicales* de Pierre Dupont. Plus qu'à la musique instrumentale vous êtes sensible à la voix humaine, surtout féminine. Vous en appréciez les sonorités *claire, rieuse, argentine*, la caresse

Verlaine endimanché, dessin de P. Verlaine, 1890. (Lauros Giraudon)

câline. Vous n'aimez pas les *voix de gabier* des Anglaises mais les timbres de *musique fine* et *Les notes d'or de sa voix tendre.* Votre poésie lance l'appel de la voix et parfois de la voix divine (*Sagesse*, XVI).

Clancier note que dans vos vers le silence circule « comme l'air dans le sang, comme le jour dans l'eau ». Voellmy vous qualifie de « poète du silence » ; de la qualité des silences dépend la qualité de la musique. Harmonies et dissonances vocaliques, allitérations, jeu du e sourd, vous maniez avec brio vos procédés favoris, les poussant, comme toujours, jusqu'à leur limite extrême. D'un coup de trom**p**ette vous annoncez la *Som**p**tuosité **p**ersane et **pap**ale* ! Dans votre carnaval des animaux on entend la poule ***Qu**oi **qu**'on ca**qu**ette* ; et ***Quoi** donc vous arrive ? la Corneille !* | *Et v**ou**s les l**ou**ps m**aigr**es* | *Par ses bises **aigr**es* |. De la voyelle fermée à la voyelle ouverte, un rien vous suffit pour suggérer la tristesse *Dans ce cœur qui s'écœure…* Sons aigus et dissonances annoncent l'inconfort, le mal être. Mais, douceur de l'ineffable offrande : | Voici des **fr**uits, des **fleu**rs, des **feu**illes et des branches |. La poésie *n'existe en somme que par l'harmonie.* Et vous l'avez réinventée :

Écoutez la chanson bien douce
Qui ne pleure que pour vous plaire.
Elle est discrète, elle est légère :
Un frisson d'eau sur la mousse.

Suarès a pour vous des paroles melliflues : « Verlaine a épousé la musique... Il a toutes les voix... Il est le plus beau des violons, ayant le plus beau son. Sa corde grave est divine... Sa chanterelle palpitante et exquise. Il est aussi le plus triste des altos. »

Lemaître observe : « ni le rapport entre les images et les idées, ni le rapport des images entre elles n'est énoncé. » Certains concluent à la faillite de votre logique ; pas lui qui ajoute finement : « c'est presque de la poésie avant la parole, c'est de la poésie de limbes, du rêve écrit. » Implicitement il reconnaît l'attache divine du poète, sa fonction de « passeur » entre la terre, le ciel et l'enfer.

Vous êtes un médium qui donnez au lecteur l'illusion d'accéder enfin à la connaissance du mystère fondamental de la création. Une fois reconnues les techniques d'écriture, reste le fascinant moment de l'inspiration.

La mélancolie (conjuguée à l'alcool ?) s'insinue en vous et déclenche le processus en vous mettant dans un état second. *Cette chose molle, pénétrante, inconsistante comme le brouillard, comme un mauvais air... trouble le dessein, émousse la volonté... rend le cœur vague, la tête vide, la chair et le sang et les nerfs prépondérants sur l'esprit, et le temps si long, si lourd, si sottement insupportable.* Plaie de l'âme, elle suppure en rêverie créatrice comme la perle s'arrondit de la maladie de l'huître.

Engourdissement léthargique, *attente réceptive à la fois très vague et très aiguë.* La réalité devient molle, le temps se distord comme les montres de Dali. Des sensations *venues d'étendues brumeuses de temps et d'espace* se pressent. Cette sub-réalité élabore sensuellement la confusion des sens. Chacun se corrompt pour mieux s'assimiler aux autres. Le son se fait odeur, la couleur se fait son, l'image frisson. L'humble antienne *s'exhale* ; retentit *l'écho vermeil*, la soie fourmille *de courts frissons.* Vous baissez le ton « jusqu'au seuil de l'audible ». Comme Eroll Garner, « you play misty ». La mesure, l'équivoque, le mot volatil engendrent le flou ; votre voix devient « songe à la lisière du silence ». Çà et

Verlaine « en dandy », dessin de P. Verlaine.

là émerge, aigu, *un tas criard de pierres blanches*. Le blême, le décati, le putrescent se fondent. Les mots s'accolent magnétisés par les sons. De là naît cet apparent négligé de la phrase, dandysme de styliste, et ces sensations qu'en dandy de la perception vous ne supportez qu'usées ! Décomposition, dégradation, *décadence*.

Vous captez ainsi le monde extérieur en l'atténuant, en lui donnant une apparence supportable à votre sensibilité. Ainsi naissent ces paysages intérieurs filtrés par la conscience, nébuleux, tremblotants, portés par une mélodie en sourdine. Conscient, vous recréez leur magie, les rendez attirants et éveillez chez le lecteur l'écho de nostalgies, d'inconnus identifiables.

Vous nous révélez une tristesse consubstantielle ; peut-être avons-nous grâce à vous franchi une étape dans la psychologie en devenir de l'humanité.

LES HARMONIQUES DU RIEN

Les mots tintent, le son engendre une onde qui met en branle le sens, le prolonge, l'étale, le déborde, il résonne dans la mémoire. Ce décalage entre sens et son (qui évoque le décalage entre couleur et dessin) produit un effet de relief, une vibration. « Tous les harmoniques sont donnés avec la note fondamentale », l'émotion devient communicative. Et la communication, instantanée, de s'établir, de conscience à conscience, de la vôtre à la nôtre. Tel est votre génie, si moderne que l'on reste confondu.

L'apparente *logique d'une influence maligne* vous prédispose à explorer les confins du néant. Une vie d'échecs, de regrets, de remords, de repentirs, *qu'as-tu fait de ta jeunesse* ?, une descendance qui n'en est pas une, une postérité inexistante vous condamnent à la stérilité. En somme, la vie mésusée d'un homme de rien : *Je me souviens des jours anciens et je pleure.*

En vous, comme en nous, guette un gouffre insondable, dont nous devons ignorer l'appel vertigineux. Vous vous êtes suggestionné pour en explorer les abords menaçants. Cette expérience qui frôle l'indicible, vous la traduisez en mots et, comme le navigateur qui sent venir un naufrage prochain, vous jetez pour nous cette bouteille à la mer. De ce voyage « aux limites de l'inexistence », là où tout se brouille, se ramollit, vous rapportez, *entraperçue, vague comme un regret*, une série d'impressions, des poèmes aux sujets informulables où l'usé et le voilé, l'assourdi et le fade, à l'imprécis se joignent. Vous réclamez, dit Richard, « qu'on se laisse persuader… au rien : ou du moins à ces incarnations du rien que représentent un souffle, un silence, une nuit. » Les mots ensommeillés vous « parviennent à travers des paresses de mémoire », difficilement arrachés : *Fais-tu des vers ? Moi, tous les matins j'essaie, sans pouvoir tirer de mon cerveau marécageux autre chose que le rien, rien, rien*. Compagnon berceur qui rendez inoffensif le chant des sirènes, vous nous rassurez.

Mais, Bergson observe : « si l'idée de rien… est véritablement une idée, on y trouve autant de matière que dans l'idée de tout. » Vous rendez perceptible la *solitude du cœur dans le vide de l'âme.*

« Verlaine ? Ce n'est personne. » Le rien, seul, qui mol résonne. Le poète n'est rien. Sans lui le monde n'est rien.

Heureusement au bar du destin nous continuons à siroter votre poésie opaline avec une paille d'or.

Verlaine marchant, dessin de F.-A. Cazals, 1894.

Mémoire de Paul Verlaine

Dates

Événements - ***Œuvres*** - *Iconographie*
Monuments - ÉTUDES* - **MÉLODIES**
*Nom de l'auteur ou titre et date de publication

1798	Naissance de Nicolas Verlaine, père du poète, à Bertrix (Luxembourg belge) (24 mars)
1809	Naissance d'Elisa Dehée, mère du poète, à Fampoux (Pas-de-Calais) (23 mars)
1831	Mariage des parents de Verlaine, à Arras (15 déc.)
1844	Naissance de P. Verlaine à Metz, 2 rue Hte-Pierre (30 mars)
1847	*Première représentation* de Verlaine (dessin anonyme)
1851	Emménagement à Paris, 10 rue Saint-Louis (rue Nollet) Verlaine est élève d'une institution rue Hélène

1853	Naissance de Mathilde Mauté, future femme du poète, à Nogent-le-Rotrou (17 avr.)
1853-62	Pensionnaire de l'Institution Landry, 32 rue Chapal
1854	Naissance d'Arthur Rimbaud à Charleville (20 oct.)
1855	Élève au Lycée Bonaparte (Condorcet)
1858	Élève de 4ème, 1ère crise d'adolescence ; mariage de sa cousine Elisa Moncomble qu'il aime ; ***La Mort*** (« 1er » poème)
1860	Élève de 2e, fait connaissance d'E. Lepelletier
1862	Reçu bachelier ; s'inscrit à la Faculté de droit
1863	***Monsieur Prudhomme*** (Premier poème publié) ; la famille déménage 45 rue Lemercier
1864	Employé à la Cie d'assurances « L'aigle et le soleil réunis »
1865	Expéditionnaire à la préfecture de la Seine
1865	Mort du père de Verlaine (30 déc.)
1866	***Poèmes Saturniens***
1867	Verlaine assiste aux funérailles d'Elisa (16 fév.) et de Baudelaire (3 déc.) - *Verlaine imberbe* (H. Cros)

1868	***Les Amies***
1869	***Fêtes galantes*** ; rencontre de Mathilde de Mauté ; *Portrait* (Péaron)
1870	***La Bonne Chanson*** (sortie retardée jusqu'en 1872)
1870	- Verlaine épouse Mathilde ; le couple emménage 2 rue du Cardinal Lemoine - Siège de Paris, proclamation de la République (4 sept.), le poète s'engage dans la Garde nationale
1871	- Verlaine soutient la Commune, craint d'être arrêté, est révoqué (11 juil.) - Rimbaud séjourne à Paris du 10 sept. à mars 1872 - Naissance de son fils unique Georges (30 sept.)
1872	Fugue à Bruxelles avec Rimbaud (7 juil.- août)
1872	Escapade à Londres avec Rimbaud (8 sept.- 4 avril 1873)
1872	*Portrait peint* (*Le coin de table*, Fantin-Latour)
1873	Ostende, Namur, Jéhonville, Liège, Anvers (5 au 26 mai) - Seconde escapade à Londres (26 mai-3 juil.) - Bruxelles (8 -10 juil.) ;

Le coin de table (de gauche à droite : Paul Verlaine, Arthur Rimbaud, Elzéar Bonnier, Léon Valade, Emile Blémond, Jean

Aicard, Ernest d'Hervilly et Camille Pelletan) par Fantin-Latour, musée d'Orsay (Lauros-Giraudon).

	Verlaine menace de tuer Rimbaud et est écroué
	- Verlaine est condamné à 2 ans de prison (8 août)
1873-75	Incarcération à la prison de Mons
1873	Rimbaud publie ***Une Saison en Enfer***
1874	- Jugement de séparation de corps avec Mathilde (24 avr.)
	- Romances sans paroles
	- « Conversion » (Juin)
1875-76	Enseigne en Angleterre à la Grammar School de Stickney
1876 77	Enseigne au Collège Saint-Aloysius à Bournemouth
1877-79	Enseigne à l'Institution Notre-Dame à Réthel ; début « d'amitié » pour Lucien Létinois
1879	Enseigne à la Solent Collegiate School à Lymington
1880-82	Verlaine et Létinois font valoir une ferme à Juniville
1880	***Sagesse***
1882	- Habite 5 rue de Parchamps, Boulogne-sur-Seine
	- L'art poétique
	- CLAIR DE LUNE, EN SOURDINE, FANTOCHES, MANDOLINE,

PANTOMIME (C. DEBUSSY)

1883 Mort de Lucien Létinois (7 avr.)
- Installation à Coulommes avec sa mère (sept.)

1884 ***Jadis et Naguère***

1885 - Jugement de divorce (9 fév.)
- Condamnation pour coups et menaces de mort contre sa mère ; incarcération à la prison de Vouziers (24 mars)
- emménage Hôtel du Midi, 5 rue Moreau (juin)
- Débuts d'accès d'hydarthrose au genou gauche

1886 Mort de la mère du poète (21 janv.)
- Début d'amitié pour Cazals
- ***Les mémoires d'un veuf***
- Mathilde se remarie avec B.A. Delporte (30 oct.)
- Séjour à l'hôpital Tenon (22 juil.-2 sept.)
- Séjour à l'hôpital Broussais (5 nov.-13 mars 87)

1887 - Dénuement absolu. Envisage le suicide
- Séjour à l'hôpital Cochin (19 avril-16 mai)
- Séjour à l'Asile de Vincennes

	(9 août-9 sept.)
	- Séjour à l'hôpital Broussais
	(20 sept.-20 mars 88)
	- CLAIR DE LUNE (G. FAURÉ)
1888	Hôtel, 14 rue Royer-Collard,
	début des « Mercredis »
	- Séjour à l'hôpital Broussais
	(17 nov. 21 fév.89)
	- Amours
	- BRUNETIÈRE, 1888.- MORICE, 1888.-
	GIRAUD, 1888. *Portrait* (Ladislas Lévy)
	- **ARIETTES, PAYSAGES BELGES,**
	AQUARELLES (C. DEBUSSY)
1889	- Loge à l'Hôtel de Lisbonne,
	4 rue de Vaugirard
	- Séjour à l'hôpital Broussais
	(8 juil.-18 août)
	- Séjour à Aix-les-Bains
	(20 août- 4 sept.)
	- Séjour à l'hôpital Broussais
	(19 sept.-19 fév. 90)
	- Parallèlement - VERLAINE, 1889.
1890	***Amours*** - *Portrait* (E. Carrière)
	- ***Dédicaces*** -
	Début de liaison avec Philomène Boudin
	- Séjour à l'hôpital Cochin
	(19 juin-22 juil.)

- Séjour à l'Asile de Vincennes (22 juil.-11 sept.)
- Séjour à l'hôpital Broussais (12 sept.- 23 nov.)

1891 - Séjour à l'hôpital Saint-Antoine (11 janv.-6 fév.)
Début de liaison avec Eugénie Krantz (mai)
- Séjour à l'hôpital Broussais (31 oct.-20 janv.92)
Mort de Rimbaud à Marseille (10 nov.)
Chansons pour Elle. - ***Femmes*** - ***Mes hôpitaux***
- **CINQ MÉLODIES « DE VENISE » (G. FAURÉ)**
- **FÊTES GALANTES I, TROIS MÉLODIES (C. DEBUSSY)**

1892 ***Liturgies intimes***
LA BONNE CHANSON (9 TEXTES, G. FAURÉ)
- Séjour à l'hôpital Broussais (11 août-7 oct.)
Conférences en Hollande (2-14 nov.)
- Séjour à l'hôpital Broussais (19 déc.- 17 janv. 93)

1893 - *Portrait* (W. Rothenstein)
- Candidature à l'Académie française

(4 août)
- Conférences en Belgique (fév.- avril)
- ***Onze jours en Belgique***
Odes en son honneur - Elégies
- Séjour à l'hôpital Broussais
(14 juin- 4 déc.)
- Conférences en Lorraine (8-9 nov.)
- Conférences en Angleterre (19 nov. - déc.)
Mes prisons - Quinze jours en Hollande

1894 ***Épigrammes***
- Séjour à l'hôpital Saint-Louis
(1er mai-10 juil.)
Proclamé « Prince des poètes » (août)
Portrait (Steinlen) - *Photos* (Guerschel)
- Séjour à l'hôpital Bichat
(1er déc.-21 janv. 95)
PRISON (G. FAURÉ)

1895 ***Mort, Désappointement***,
derniers poèmes
- ***Confessions - Dans les limbes*** -

1896 - Mort de Verlaine, 39 rue Descartes
(8 janv.), d'une congestion pulmonaire
- Obsèques à Saint-Etienne-du-Mont
et enterrement au cimetière
des Batignolles (10 janv.)
LA PLUME, fév. 96.
Invectives - Chair

	Verlaine sur son lit de mort (Cazals)
	Masque mortuaire (Meoni)
	CLERGET, 1897. - REGAMEY, 1897.
	- ZILCKEN, 1897. -DONOS, 1898.
1899	***Œuvres Complètes…***
	NORDAU, 1899.
1903	***Œuvres posthumes - Hombres***
1904	**FÊTES GALANTES II (C. DEBUSSY)**
1905	Second divorce de Mathilde (12 mai)
1906	Georges Verlaine épouse
	A.H.S. Corbeau (20 fév.)
1907	LEPELLETIER, 1907.
	Paris, place Paul Verlaine (XIIIe Ar.)
	Voyage en France par un Français
1909	**Allauch**, Échec d'un **monument**
	(A. Verdilhan)
	SECHE & BERTAUT.
	- HOMMAGE À VERLAINE, 1910.
	LE ROUGE & CAZALS, 1911 et 1923.
1911	**Paris**, Inauguration d'un **monument**
	(A. de Niederhäusern) (28 mai)
1913	***Biblio-Sonnets*** - DUPUY, 1913.
1914	Mort de Mathilde, ex Mme Verlaine,
	le 13 nov. à Nice
	JEAN-AUBRY, 1918.
1919	DELAYE, 1919.
	Metz, rue Verlaine

1922-29	***Correspondance***
1922	**Londres, Médaillon**, 34 Howland Street (30 oct.) CORDIER DELAPORTERIE, 1922. ARESSY, 1923. MARTINO, 1924. DELAYE, 1925 - COULON, 1925. - MONTEL, 1925.
1925	**Metz**, Inaug. d'un **monument** (James Vibert) (27 juin)
1926	***Œuvres oubliées, I*** Mort de Georges Verlaine (23 sept.), sans descendance
1929	***Œuvres oubliées, II*** COULON, 1929. FONTAINAS, 1931. PORCHE, 1933. MOUQUET, 1934. VERLAINE (Ex Mme), *Mémoires*, 1935. ADAM, 1936. FONTAINE, 1937.
1938	***Œuvres poétiques complètes*** (Y-G. Le Dantec, Pléiade) MONDOR, 1939. VANWELKENHUYZEN, 1945.
1946	**Cinquantenaire** de la mort CINQUANTENAIRE... DISCOURS, 1946.

RUCHON, 1947 (Iconographie).
MICHAUD, 1947.
NADAL, 1948. CARCO, 1948.
CARRE, 1949. - *Autour de Verlaine...*, 1949 (Icono.)
NADAL, 1952
ADAM, 1953 - RICHER, 1953.
UNDERWOOD, 1956.
Lettres inédites à Cazals, 1957.
SEGUIN, 1958.

1959-60 ***Œuvres Complètes...***

1962 ***Œuvres poétiques complètes***
(Ed. révisée par J. Borel, Pléiade, rééd. 1992)
CUENOT, 1962. ZAYED, 1962 et 1970.
Lettres inédites à Charles Morice, 1964.
Œuvres en prose complètes, Pléiade, 1972.
VIAL, 1975 (documents retrouvés)
PETITFILS, 1981.
MOUROT, 1988.
ZISSMANN, 1991.
TROYAT, 1993. VANNIER, 1993.

1996 **Centenaire** de la mort
Exposition *Dédicaces à Paul Verlaine* : Metz, Paris, Charleville ;
CATALOGUE, 1996. - METZ, Faculté des Lettres, Colloque *La spiritualité verlainienne* (14-16 nov.)

- PARIS, Université Paris IV, Colloque *Verlaine. Réception. Traduction.* (5-6 avril) - JUNIVILLE, Musée Verlaine, exposition. - DIJON, Faculté des Lettres, Colloque Verlaine 1996 (6-8 juin). - PARIS, Hommage de la Société des Poètes (22 juin). - CERISY-LA-SALLE, Colloque *Verlaine à la loupe* (11-18 juillet) - Exposition *Paul Verlaine*, Exeter (G.B.), Boston (G.B.) - PALISEUL, exposition *Paul Verlaine en Ardennes* ; balisage d'une *Route Paul Verlaine*. - RESNICK, 1996. - ***Correspondance générale*** (M. Pakenham). Nombreux spectacles.

Tombe de Paul Verlaine, Paris, cimetière des Batignolles, photo G. Gardes.

Bibliographie

Œuvres de Paul Verlaine

Œuvres poétiques complètes, La Pléiade, 1962.
Œuvres en prose complètes, La Pléiade, 1972.
Correspondance de Paul Verlaine, A. Messein, 1922, 3 vol.
Œuvres poétiques complètes, Robert Laffont, Bouquins, 1992.

Etudes générales

ADAM A., Verlaine l'homme et l'œuvre, Paris, 1953.
BORNECQUE J.-H., Verlaine par lui-même, Seuil, 1966.
RICHER J., Paul Verlaine, Seghers, 1953.

Etudes biographiques

CARCO F., Verlaine poète maudit, Albin Michel, 1948.
CAZALS F.A. & LEROUGE G., Les derniers jours de Paul Verlaine, Mercure de France, 1911.

CLERGET F., Paul Verlaine et ses contemporains, Paris, 1897, Genève, 1980.
DONOS Ch., Verlaine intime, Vanier, 1898.
NORDAU M., Dégénérescence, Paris, 1899. I, 213.
VIAL A., Verlaine et les siens, heures retrouvées, Paris, 1975.

Topobibliographie

Aix-les-Bains

FRANÇON F., La cure thermale de Verlaine à Aix-les-bains (21 août-14 septembre 1889), *Revue de Savoie*, 1943, 87-95.

Angleterre

UNDERWOOD V.P., Verlaine et l'Angleterre, Nizet, 1956.

Ardennes

Paul Verlaine en Ardennes, La Manufacture, 1985.

Belgique

VANWELKENHUYZEN G., Paul Verlaine en Belgique, Bruxelles, 1945.

Hollande

JEAN-AUBRY G., Verlaine en Hollande, Souvenirs et documents, *Le Mercure de France*, 1er juillet 1923.

ZILCKEN Ph. , Paul Verlaine, Correspondance et documents inédits relatifs à son livre Quinze jours en Hollande, Paris, 1897, 1912.

Etudes sur l'œuvre

CORNULIER B. de, Théorie du vers. Rimbaud, Verlaine, Mallarmé, Paris, 1982.
CUENOT C., Le style de Paul Verlaine, Paris, C.D.U.,1962, 2 vol.
LEMAITRE J., Les contemporains, Paris, s.d.
Petite (La) musique de Verlaine, SEDES/CDU, 1982 (9 études, de 9 auteurs).
RICHARD J.P., Poésie et profondeur, Seuil, 1955.
VALERY P., Villon et Verlaine, Maestricht, 1937.
- *Œuvres*, Pléiade, 1957, I, 427.
ZAYED G., La formation littéraire de Verlaine, Nizet, 1970 (2e Ed.).
ZIMMERMANN E.M., Magies de Verlaine, J. Corti, 1967.

Iconographie

RUCHON F., Verlaine. Documents iconographiques, Genève, 1947.
Autour de Verlaine et de Rimbaud, Paris, Société

des amis de la bibliothèque littéraire Jacques Doucet, 1949.
PETITFILS P., Album Verlaine, La Pléiade, 1981.

Biolégende

Cinquantenaire de la mort de Verlaine. Discours prononcés à la Sorbonne par M.M. Pierre Emmanuel, Fernand Gregh, André Billy, Marcel Naegelen, 16 février 1946, Paris, 1946.
Célébrations nationales 1996, Paris, Direction des Archives de France, 1996, 88-101.
Dédicaces à Paul Verlaine [onze études et catalogue de l'exposition], Metz, 1996.

Périodiques

Les cahiers Paul Verlaine : revue littéraire des Verlainiens, Paris, 1er numéro 1953.
Revue Verlaine, Charleville-Mézières, 1er numéro 1994.

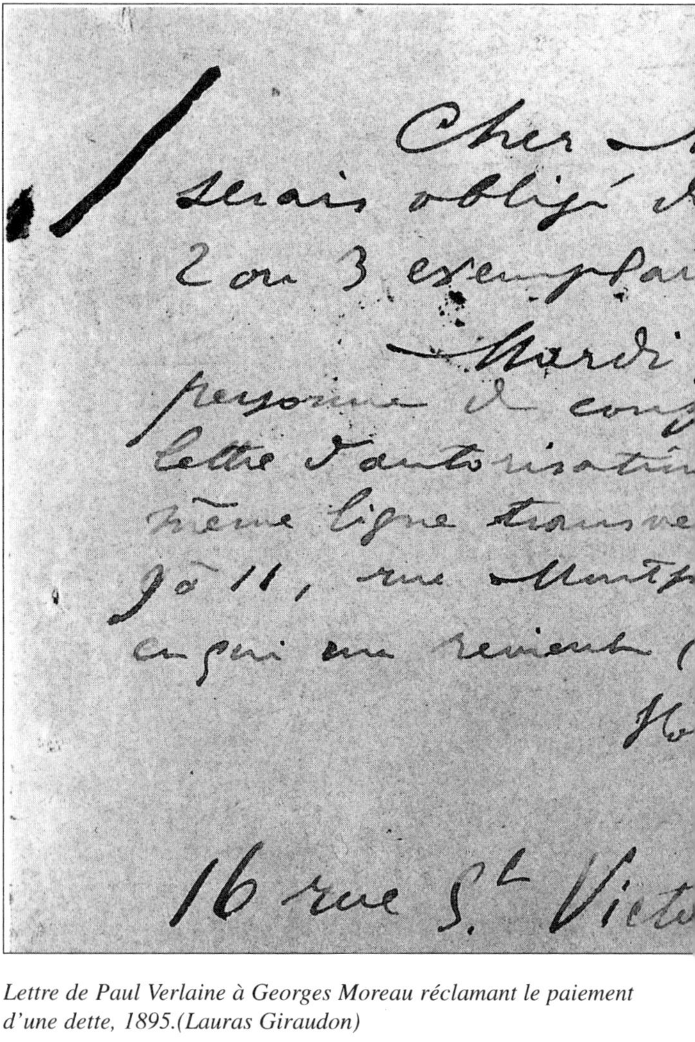

Cher …
serais obligé d…
2 ou 3 exemplai…
Mardi
personne de com…
lettre d'autorisation…
même ligne transve…
Jo 11, rue Mont…
en qui me revient …
Ho…
16 rue St Vict…

Lettre de Paul Verlaine à Georges Moreau réclamant le paiement d'une dette, 1895.(Lauras Giraudon)

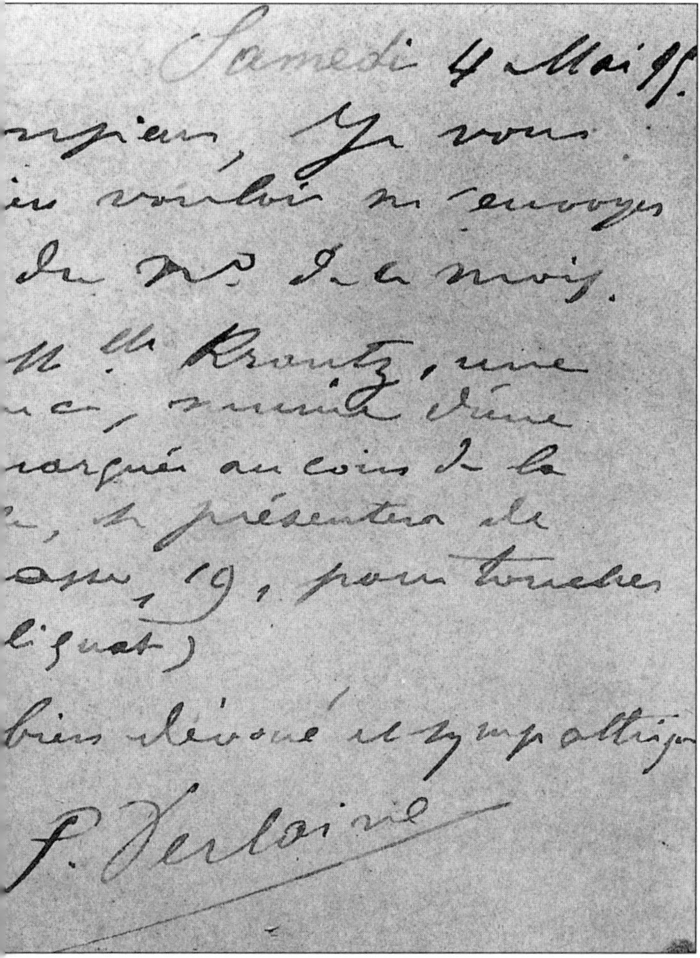
Samedi 4 Mai 95.

…sieur, Je vous
…ie vouloir m'envoyer
du n° de ce mois.

M.lle Krantz, une
…ce, munie d'une
…marqué au coin de la
…e, se présentera de
…asse, 19, pour toucher
…liquat)

bien dévoué et sympathique

P. Verlaine

Remerciements

L'auteur remercie pour leurs renseignements Mmes MM. : Danielle Bénazzouz, Directeur des Archives de la ville de Marseille - Philippe Hoch, conservateur à la Médiathèque de Metz - Bernard Monge, Président de la Société historique d'Allauch - Céline Pierre, des Archives municipales de Metz - Monique Sary, Conservateur des Musées de Metz -

Du même auteur

Commémoration des grands hommes

Le Monument public français, Que sais-je ? n° 2900, 1994.

Histoire monumentale des deux Savoies, Mémoire de la Montagne, Horvath, 1996 [Verlaine et *Ganymède* page 188].

Biolégendes

Jacquard : in *Le Monument public français et l'exemple de Lyon*, Lyon, 1986, tome IA, 181.

Rouget de Lisle : La Marseillaise ou les paradoxes de la gloire, in VOVELLE, L'image de la Révolution française, III, 2125-2131, Pergamon Press, 1989.

Pasteur : Pasteur image de Dieu ? in Autour de Louis Pasteur, Dole, *Cahiers Dolois*, 1995, 464-508.

Études littéraires et biographiques

Du roman de l'histoire au roman de la ville. - Paul Gourmand et son œuvre in GOURMAND P., Panem & circences, Horvath, 1994.

Alfred de Vigny, Cinq-Mars et le roman historique, in VIGNY A. de, Cinq-Mars, Horvath, 1994.

Nicolas Germain Léonard et les deux amants de Lyon in LEONARD N.G., Lettres de deux amants habitants de Lyon, Horvath, 1994.

Nicolas Germain Léonard, 1744-1793, écrivain guadeloupéen, 250e anniversaire de sa naissance…, in *Bulletin de la Société d'histoire de la Guadeloupe*, n° 103, 1er trimestre 1995, 65-74.

Charles Désiré Bigot et son œuvre, 1819-1851, in BIGOT C.D., Le Gone de Saint-Georges, Lugd, 1996.

Les Canuts dans l'histoire et dans la littérature, in VINGTRINIER E. & J., Les Canuts, Lugd.

Œuvres littéraires

L'affaire Kropotkine (His last love), roman, Horvath, 1984 (épuisé).

Le Jarez, scènes de naguère et d'antan, Horvath, 1986 (épuisé).

Bibliographie de l'auteur

Écrits, photographies, 1975-1995, catalogue de l'exposition *La Ville au bout des doigts,* Lyon, Galerie La Proue, 1995.

Table des matières

Dans la même collection :

- *Saint Irénée,* par Jean Etèvenaux
- *Auguste, Antoine et Louis Lumière,* par Jacques Rittaud-Hutinet
- *Charles-Marie Jacquard,* par Jean Etèvenaux
- *Antoine de Saint-Exupéry,* par Michel Richelmy
- *Jean Moulin,* par Jean Etèvenaux
- *L'empereur Claude,* par Jean Melmoux
- *Louise Labé,* par Louis Bourgeois
- *François Rabelais,* par Jean Etèvenaux
- *Louis Pasteur,* par Evelyne Deher
- *Le cardinal Gerlier,* par Bernard Berthod et Régis Ladous
- *Jean de la Fontaine,* par Bernard Plessy
- *François-Athanase de Charette,* par Anne Bernet
- *Nostradamus,* par Évelyne Deher
- *Gilles de Rais,* par Jean Silve de Ventavon
- *Édouard Herriot,* par Gérard Chauvy
- *René Descartes,* par Roger Payot
- *La marquise de Sévigné,* par Martine Font
- *Henri Béraud,* par Jean Butin
- *Alexis Carrel,* par André Mure
- *Jules Verne,* par Xavier Coadic
- *Clovis,* par Anne Bernet

IMPRIMERIE DARANTIERE DIJON-QUETIGNY